마을 올레

모악시인선 6

마을 올레

이동순

모악

그러게 가을부터 경상북도 예순세 군데 마을을 매주 연속으로 옮겨 다녔다. 한서(寒暑)와 풍우(風雨)를 가리지 않고 무려 열다섯 달! 대구 KBS TV 기획프로 「행복발견」의 금요방송 「마을 올레」 진행자로 취재녹화를 위한 탐방이었다. 말로만 듣던 텅 빈 농촌, 노약자들만 남아있는 농촌의 마을회관에서 현지주민들과 손을 맞잡고 가슴 속에 갈무리된 많은 이야기를 들었다. 눈물, 웃음, 애달픔, 처연함 등 고단하고 힘겹게 살아온 민초(民草)들의 온갖 사연을 온몸으로 껴안을 수 있었다. 한 끼 밥이라도 같이 나눈 뒤에는 어김없이 장구와 아코디언으로 신명나는 모꼬지를 가졌다. 이렇게 정성을 쏟으니 「마을 올레」는 어느 덧 인기프로였다.

이번 시집에 수록된 58편의 시작품은 하나같이 그동안 달려온 발자국의 장엄한 기록이다. 지쳐 돌아오던 저녁시간, 방송국 차량 뒷좌석에서 나는 그날 시작품의 밑그림을 그렸다. 나날이 편수가 늘어가며 기쁨과 행복감도 넘쳐났다. 시작품 속에서 생생한 실감(實感)으로 살아있는 마을주민들, 내가 다닌 여러 지역의 정겨운 풍경들이 주마등처럼 눈앞을 지나간다. 그분들이 왈칵 그립다.

2017년 5월
이동순

차례

3부 삼거리 주막

1부

어등역

다랑논

지난 밤
꿈자리가 소란 터니
멧돼지 놈들이 산에서 내려와
논두렁 다 뭉개놓았네그려

지렁이 몇 마리
찾아먹으려고 그 난리 피웠지 뭔가
안 그래도 손바닥만 한 다랑논에
두렁이 다 뭉개졌으니

오늘은 비도 오지만
가서 고쳐놓아야 쓰것네
그런데 빗줄기는 점점 굵어지고
할아버지는
비 쏟아지는 마당을 내다보며
혼자 안간힘만 쓰네

평생을 함께 살아온
할머니는 지난해에 먼저 떠나고
할아버지만 혼자 남아
빈 집을 지키네

산수유

안개 속에
산수유 고목 우뚝 서 있네
옛 조상님들이
이 골짜기에 심었다는
삼백 년도 더 된 할아버지 나무일세

산수유는
빨간 열매 조롱조롱 달고
늦가을 속에 우두커니 서 있네
그 나무에 오늘
새 두 마리 앉았네

가까이 다가가 보니
늙은 내외일세
가지에 걸터앉아 오늘 산수유 터시네
노부부는 손에 막대기를 들고
이리 저리 옮겨 앉으며
줄곧 산수유 터네

이쁜 산수유 열매가
땅바닥으로 떨어져 줄곧 또르르 굴러 가네

노부부 주고받는 정겨운 말소리가
안개 속에서
두런두런 들리네

목화다방

목화다방을 아시나요
상주 은척 면소재지 장터 끝에서
오른쪽으로 돌아가면
숨어서 빠끔히 내다보는
간판 하나가 걸려 있는데요
거기 쥔 마담은
한 자리에서 사십 년 넘도록
시골다방을 지켜 왔대요
봄바람 가을비가 몇 번이나 지나갔나
어느 틈에 회갑을 넘겼다며
배시시 웃는 마담 눈가에
잔주름이 오글오글 돋아나네요
난로 옆에는
칠순이 넘어도 여전히 건달기 가득한
은척 영감님들 서넛
고스톱 치느라 옆 돌아볼 틈도 없는데
국자도 주전자도
벽에 걸린 액자도 불알시계도
모두 모두 세월의 때가 덕지덕지 않은
골동품들이랍니다
상주 은척 목화다방 소파에 앉으면

나도 저절로 골동품이 됩니다

어등역

– 예천 독양리 김말분 할머니의 회고

내 나이 겨우 서른 넘어
남편을 떠나보냈지요
아비 잃은 남매를
보따리장사로 키웠습니다
예천 땅 영주 땅 구석구석 돌다가
해 지고 별 초롱초롱한
역에 내리면
깊은 서러움으로 눈물이
앞을 가렸지요
어미 기다리다 잠든 아이들을 깨워
늦은 저녁을 먹였어요
이제 그 아이들 자라서 다 떠나가고
나만 혼자 남아
기찻길 옆 오막살이를 지킵니다
함께 장사 다니던
이웃 할머니만 가끔 놀러옵니다
새벽녘 잠이 깨어 철길 쪽을 내다보면
막차에서 내려 지친 모습으로 걸어오던
내 모습이 보입니다
알 낳으려고 물길 거슬러 오르다가
댐에 가로 막혀 더 이상

못 오르고 허둥대는 물고기처럼
어둠 속에 우두커니 서 있는
어등역

* 어등역(魚登驛) : 김천에서 영주 구간의 경북선 철도에 위치
한 지금은 폐쇄된 간이역

산포리 마을

골짜기 굽이쳐온 왕피천은
동해 푸른 가슴으로 달려가 안기고

그 흐뭇한 광경 일 년 내내
바닷가 산언덕에서 지켜보는 망양정

산 아래 길가엔 이 마을 출신
젊은 부부가 열고 있는 토박이 횟집

태극기 펄럭이는 마을회관엔
홀로된 할머니들 종일 화투 노는 소리

마누라보다 술을 더 좋아하던
죽은 남편 생각에 눈물짓는 민박집 여인

마을의 온갖 시름 등에 업고
먼 바다로 떠날 채비하는 거북바위

이윽고 날 저물어 수평선 위로
붉은 달 살포시 얼굴 내미는 울진 산포리

*경북 울진군 근남면 산포리에 왕피천(王避川)과 망양정(望洋亭)이 있다.

돌탑

천 개를 목표로
돌탑 쌓는 남자를 만났습니다

비는 부슬부슬 내리는데
돌을 주워 돌 더미에 올리는
그의 얼굴 표정은
산언저리에 휘감긴
비구름처럼 무겁고 처연했습니다

왜 이 돌탑을
쌓느냐고 물었더니
그는 말없이 먼 산만 바라보았습니다
한참 뒤
눈가에 흐르는 빗물을 닦으며
그가 겨우 입을 엽니다

이렇게라도 하면서
죽은 아들 생각 다스려 보려구요

비빔밥

찔레꽃이
언덕길에 만발한 봄
경남 합천군 야로면 나대리
노인정에 마을 할머니 할아버지들이
열다섯이나 모였습니다
이 가운데 넷은 경북사람
나머지는 모두 경남사람들입니다
경계가 마을 한가운데로 지나가니
그냥 행정구역상
경남 경북으로 갈라져 있지만
원래부터 한 마을 주민들입니다
오늘은 부엌에서
비빔밥을 준비했습니다
경북 할머니 집에서 갖고 온
미나리 콩나물
경남 할머니 집에서 갖고 온
고사리 참기름 고추장이
한 그릇 안에서 맛있게 비벼집니다
그 다정함이여 사랑스러움이여
모두들 쓱싹쓱싹 비벼서
볼우물이 옴쏙옴쏙 먹으며 마주 봅니다

22

보면서 웃습니다
이게 바로 세상살이 행복입니다
오, 위대한 비빔밥
남과 북도 이렇게 만나서
하나로 비벼지면 얼마나 좋을까요
통일도 얼마나 쉬울까요

성주 농군

신새벽이면
저절로 눈이 뜨여
낫 한 자루 박아 넣은 지게 등에 지고
소 몰고 밭으로 나가던 사람

워낭소리가
곤히 자는 마을 사람 깨울까봐
풀 뜯어 방울 속에 끼우고
소리 안 나도록 배려하던 사람

그가 대처로 나가
온갖 바람 쐬고 다녔지만
그리운 고향바람 잊을 수 없어
서둘러 돌아와 일하던 사람

허름한 비닐천막 지어
그 속에 이쁜 느타리버섯 키우며
꿈도 많고 인정도 많은
농군 중의 농군

경북 성주

가천 신계마을
한 농군의 선한 웃음이
가야산 자락 운무처럼 걸려있네

미나리

가야산 맑은 물이
연푸른 아랫도리 휘감아 도네
당장 기운 되찾는 이쁜 고갯짓이여
목말랐던 어린 것은
고개 숙여 마음껏 목을 적시네

경북 고령
덕곡 백리 마을
세밀 눈바람이 차디찬데
미나리는 비닐하우스 안에서
토실토실 살 오르네

대머리 이장님
숫돌에 쓱쓱 낫 갈아
손바닥으로 한 움큼 베어온 미나리
흐르는 물에 정히 씻고 씻어
뽀얀 접시에 담아 왔네

생 미나리에 돋 살 얹어
입안에서 우물우물 맛보노니
그제야 이곳까지 물길 열어주었다는

이 마을 최고 은인
고 녹사 전설도 생각나네

*고 녹사 전설: '고 녹사'는 과거 고령 덕곡 지역에서 배출된 고씨 성의 관리. 녹사(錄事)는 조선시대 중앙관서의 상급 서리직(胥吏職)이었다. 물이 귀하던 고향 마을에 가야산 물줄기를 끌어오는 토목공사를 성공적으로 이끌었고, 지금까지도 주민들의 삶에서 전설적 인물로 추앙받고 있다.

27

오디 똥

경상북도
영덕군 창수면 인량리
너른 들 한눈에 내려다보이는
낡은 충효당 대청
난간마루

거기서 마당귀 굽어보니
저절로 돋아나
오래 된 산뽕나무 한 그루 있네
올해는 어인 오디가
저리도 주렁주렁 열렸나

마을 꼬맹이들
오디 먹고 까만 입술로
재잘거리다 가고
그 뒤를 굴뚝새 가족들
가지에 매달려 오디 따 먹네

새들도 떠나고
갑자기 텅 빈 대청마루
여기저기 까만 얼룩 무엇인가

굴뚝새 녀석 배불리 먹어대더니
오디 똥 누고 갔네

그 여인

세 동서가
올망졸망 모여 사는
상주 낙동
용포마을에 가서 보았지요

사람이
산다는 것은
그저 남의 외로움 덜어
함께 어울려
정 붙이고 가는 것

나이 서른에
남편 죽고 자식 죽고
홀몸 되고서도
이 날까지 평생을
떠나지 않고
시댁마을에서 줄곧 살아온

그 여인의
묵언 공허 미소
인내 초탈이 한데 어우러진

기막힌 표정

능금 품앗이

능금은
해가 부끄러
자꾸만 이파리 뒤에 숨네

가을 햇살이
황금폭포로 쏟아지는 날
포항 죽장면
두마리 사람들은 모두 과수원에 나와
능금 품앗이 하네

능금아
왜 자꾸 움츠리니
그 모진 비바람 잘 견뎌온 네가
우리는 정말 장하단다

잎 뒤에 숨은 능금을
해 쪽으로 돌려놓는 두마 사람들
노래도 부르고
남의 흥을 보기도 하고
출출하면 둘러앉아 국수 참도 먹고

날 저물면
뒷산 골짜기의 덫에 걸린 멧돼지
넓적다리 구워
막걸리 마시며 밤 깊도록
깔깔깔

한국인

― 영덕군 달산면 주응 마을에서

국수를 삶아
늦은 점심을 먹었다
고명으로 얹은 부추나물이 맛있었다

식사 후
둘러앉아 듣는
힘든 시절 살아온 이야기

어찌 그리도
가슴 속 쌓인 이야기들이 많은가
낮에 먹은 국숫발처럼 길고도 길었다

오늘 따라
바람도 자고 봄볕은 따신데
이런 날 어이 그냥 무료히 보내리

풍장을 들고 와
제각기 하나씩 손에 들고 둘러메고
상쇠소리에 맞춰 두들긴다

악기가 없는 할미들은

그냥 흔들흔들 막춤으로 빙빙 돈다
이 신명 어디 감추고 있었던가

평소엔 그저 무심히 있다가도
풍악만 울리면 저절로 일어나 흔들흔들
가락을 타는 겨레여

2부

할머니의 콩

홍도 마을

해마다 봄만 되면
온통 연분홍 빛깔로 뒤덮이는
신비스런 마을

그 작은 꽃송이들이
오늘은 굵은 복숭아 열매로
알알이 영글어간다

청도 복숭아
첫 발상지라는 비석이 서 있고
이름도 어여쁜 홍도 마을

오늘은 마을회관에서
아흔 넘은 세 할머니가 모여
화투를 치며 논다

살아온 세월의
온갖 곡절과 사연들이
고단한 얼굴로 옆에서 졸고 있다

* 경북 청도군 화양읍 신봉리 홍도 마을

산수유

그 모진 겨울 이겨내고
단 하나도 지치거나 낙오자 없이
경북 봉화 띠띠미 마을
황금빛 산수유꽃
만발했네

하나 둘도 아니고
마을의 수천 그루 나무들
가지마다 눈부신 꽃등 일제히 밝히고
노오란 깃발 흔들어대네
눈 감으면 그대 함성 들려오네

피어있는 시간
그리도 짧아 이름조차 수유던가
거친 고목등걸에서
어쩌면 그토록 고결한 빛깔
빚어내는가

이곳 찾아온 사람들
행여 초행 걸음에 길 잘못 들세라
봄바람 속에 우뚝 서서

바른 갈피 제대로 일러주는
산수유나무

저음리에서

비빔밥 준비는
이미 다 해놓았네
고사리 더덕 순
무 채 당근 채에 시금치
양푼에 담은 각색나물
그 빛깔이 너무도 고웁네

회관에 모인 주민들
안노인은 안노인끼리
바깥노인은 바깥노인끼리
이 방 저 방 이야기꽃 만발하네
건강검진에 보이스 피싱
치매예방 체조에
온갖 화제가 오고가는데
이장은 회갑 넘도록 총각이라네

안골 사는 독거노인
김 영감은 뒤늦게 와서도
비빔밥 한 그릇 뚝딱
소주 석 잔 뚝딱
삶은 돼지수육 몇 점에

시루떡까지 뚝딱
모처럼 든든히 배 불리고
여인들 방을 흘끔흘끔 보네

설거지 소리
달그락 달그락 들리는데
경북 문경 가은면
저음리 마을회관 앞마당엔
봄소식 발목 잡는
싸락눈이 푸슬푸슬

마을회관

늙은 내외 살다가
마누라 떠나고 홀로 된 영감님
아들이랑 살다가
그 식구들 도시로 보내고
혼자 사는 할머니
오는 이 가는 이 없이
적적한 세월 보내던 늙은이
이런저런 사연 가슴에 담은 노인들
모조리 모여드는
마을회관
이장님 마이크로
낮에 누구누구 생일잔치 있다는
확성기 소식 전하면
혼자 어둡고 침침한 방안에서 지내다가
어떤 이는 자전거
누군가는 장애인용 사륜 스쿠터
또 다른 이는 유모차 밀고
이도저도 못 하는 노인들은
지팡이 짚고 절뚝절뚝
하나 둘 모여드는
마을회관

44

그곳에서는 오늘도 날 저물도록
윷 노는 소리 들린다
깔깔 웃으며 박수치는 소리
흐뭇하게 들린다

발칫잠

지금 혼자 사는
그 할머니
지난해까지 딸과 함께 살았다
암 걸린 딸과 더불어
이곳 청송 너구 마을로 들어왔다
늙은 어미는
온갖 좋다는 약초를
산에서 몸소 캐다 달여 먹이곤 했다
그 약발 못 보고
딸은 기어이
어미보다 먼저 산으로 갔다
홀로 남은 어미는
늘 담배만 피게 되었다
유난히 밝던 지난 추석 보름날
할머니는 방문을 열고 앞산을 내다보며
죽은 딸이 땅속에서
얼마나 엄마가 보고 싶을까 생각했다
아가 내 딸아
거기 땅속은 얼마나 춥니
그 차고 어둔 곳에만 웅크려 있지 말고
이따금 어미 곁을 다녀가거라

방문 살며시 열고 들어와
어미 다리 껴안고 발칫잠이라도 자고 가거라
할머니는 이렇게 중얼거리다가
기어이 흐느껴 울었다

삼베 마을

삼대 우거졌던 밭엔
삼대 없고
삼대 대신 청양고추가 자라고
삼대 삶던 마을 큰 솥은
풀덤불에 묻혀 보이지 않고

삼대 삶던 날
아궁이 옆에서 놀던
아이들은 어른으로 자라서
확성기로 방송하는 마을 이장도 되고
농약방 주인도 되고

베틀에 앉아
베틀노래 부르며
밤 깊도록 삼베 짜던 여인들은
파뿌리 할미 되어
종일 마을회관 앞에서 해바라기나 하고

어쩌다
낯선 길손 나타나면
줄곧 따라다니며 베틀 사라고 말 붙이고

안개는 밤새도록
정상리 하늘에 내려쌓이고

세월

청어는 운다
통과매기로 만들어진
청어는 짚으로 가지런히 엮여서
덕장 대나무 횃대에
매달려 있다

그들은 일제히
바다 쪽으로 줄지어 선 채
두고 온 고향을 생각한다
내 고향 일가친척들은 지금쯤
무얼 하고 있을까

영문도 모르고
붙들려간 이 자식을 생각하며
아직도 슬픔에 잠겨 있을까
어머니 가슴은
갈기갈기 찢어졌으리라

청어 눈에서는
피눈물이 흘러내린다
이제 두 번 다시

고향으로 돌아가지 못 하리

해풍에
아랫도리 말리며
청어 가슴은 속속들이 춥다
이런 청어의 애달픔에 전혀 아랑곳 않는
갈매기란 놈 날아와
청어 등을 수시로 콕콕 쪼아댄다

자두꽃

하얀 자두꽃이 폈어요
세상 버린 당신은 이 꽃 못 보시네요
저리도 어여쁜 손자 손녀들
눈에 밟혀 어이 땅속에 누워계시나요

임종 무렵
나 좀 살려달라시던
그 애절한 목소리가 아직도 가슴을 찢습니다
나중엔 허공에 손만 휘저었지요

봄비 속에 돌아다보는 지난 세월
어린 자식들 키우느라
저는 종일 깊은 산중 미친 듯이 헤맸답니다
맨 손가락 후벼서 약초를 캤어요

흘러간 날
남의 집 머슴살이하느라
가슴이 썩은 박속처럼 내려앉았다던
불쌍한 우리 영감님

객지 사는 막내 딸

어제도 왔다가 같이 누워서
갈고리같이 휘어진 이 어미 손 잡더니
제 뺨에 부비며 서럽게 웁디다

자두꽃은 만발했는데
저는 구부러진 손가락으로
영감님 사진 쓸고 또 쓸고 어루만지다
기어이 그 위에 눈물 떨굽니다

성찬이 형제

노인들만 계시는
마을회관에 두 꼬마가 논다
아빠는 산판 하러 갔고
엄마는 식당에 일하러 갔단다
나이 마흔 넘어서
캄보디아 처녀에게 장가든
이 마을 노총각 출신
성찬이 아빠

두 아들 연년생으로 낳고
다행히 아내를 살뜰히 거두어준단다
낯선 나라에 시집 와서
믿고 의지할 곳이라곤 오직
서방님 뿐
캄보디아 댁은
시댁 농사까지 보살피며
꿋꿋이 꿋꿋이 살아간단다

이름을 물어도
말없이 눈만 멀뚱
노인들 틈에 낀 채 방바닥에서

이리 뒹굴 저리 뒹굴
심심하기 짝이 없는
다문화가정 성찬이 형제 얼굴에는
한국도 들어있고
캄보디아도 들어있었다

봄비
—영주 안정면 백곡 마을 박금서 할아버지의 편지

당신이 서 있던
부엌에서 밥상 차려
나 혼자 늦은 저녁을 먹습니다
당신 없는 빈자리가
어찌 이리도 허전한가요

내가 밭에 갔다
날 저물어 돌아올 때
나를 맞아주던 당신 자리에서
이젠 내가 당신을
밤새도록 하염없이 기다립니다

당신 떠난 지
올해로 벌써 일곱 해
집안 곳곳에는 아직도
당신 자취가 그때 그대로 남아있어요
날 부르던 소리까지 들려요

오늘도
당신 생각에 겨워
낡은 앨범 꺼내 와 들여다봅니다

흑백사진 속에서
당신은 목련처럼 웃고 있네요

깊은 밤
홀로 빈 방에 누워서
당신과 살아온 그 세월 헤아립니다
누가 문 두드려 나가보니
봄비만 내리더이다

옥성 할머니

개척민으로
들어와 일으킨 마을
하나같이 서로 성이 다른
각성바지
나라에서 주는 밀가루 배급으로
매운 시절 견디었단다

군위 화산면
해발 팔백 고지
고랭지 비탈밭에선
배추 속살 토실토실 차오르는데
종일 깨 털다 돌아온
옥성 할머니
방안의 침침한 전등을 켜고
홀로 먹는 밥상

영감님은
지난 해 세상 버렸다
어디 좋은 곳 찾아서 간다기에
무작정 따라온 지 어언 사십 년 세월
전라도 곡성에서 이 먼 곳까지

구비 구비 천리 길

영감님은
내외가 함께 일군 비탈밭에 묻혔고
할머니는 오늘도 그 옆에서
종일 깨를 털었다

자두밭

가지마다
작고 하얗게 피었던
꽃자리에 이쁜 자두가 달려서
토실토실 살이 오른다

자두는
땅바닥으로 떨어지지 않으려고
저희끼리 가지 꽉 움켜잡고
안간힘으로 축 늘어졌다

자두 밭에는
아기 소년 청년
등걸이 굵고 오래된 늙은이
온갖 세대가 장엄하게
한 자리에 있다

과수원 주인은
자두밭을 물끄러미 바라본다
늙은 나무는
곧 톱으로 베어 사라지고
한 시절의 추억으로 남을 것이다

자두밭은
이제 젊은 나무들 차지
그들마저 늙고 병들어 떠나가면
또 어린 나무들이
대를 이어 그 자리 지키리라

무거운 빚

– 상주 내서면 신촌리 이장 송재영 씨

내 고향은
충청도 보은입니다
그냥 집이 싫어
무작정 가출했었지요
객지를 바람같이 떠돌던 중
엄마가 돌아가셨어요
임종도 못하고
이 몹쓸 불효자식은
엄마 뼈를 뿌렸다는 강물로 가서
평평 울었지요
그리곤 경상도 상주로 와
뿌리박고 살았어요
마을 이장을 여러 해째 하며
쓸쓸한 독거노인
밤낮으로 돌보고 살아갑니다
어깨 주물러드리고
다친 손가락 약 발라드리고
지팡이 대신 부축하고
작별할 때는
껴안고 뺨에 뽀뽀해드립니다
그분들 속에

내 어머님이 계십니다
어려서 어머님께 불효했던 시간을
이제 이렇게나마
뒤늦게 빚을 갚고 살아갑니다
갚아도 갚아도
못 갚을 무거운 빚입니다

할머니의 콩

비는 오는데
마당이 괴괴해서
주인 없는 빈집인 줄 알았는데
안방 창문으로 들여다보니
머리가 하얀 할머니가
콩을 고르고 있다

황급히 방으로 들어가
할머니 옆에 앉아 콩을 고른다
콩 자루의 콩을 방바닥에 쏟아놓고
풀 자갈 병든 콩
부서진 콩을 일일이 가려낸다

할머니는 아침부터
벌써 세 자루를 끝내고
네 자루 째 콩 손질 하신다
하다가 허리 아프면
담배 한 모금 먹고 비오는 창밖을
물끄러미 내다보신다

연기는 스르르 문틈 빠져나가는데

할머니 가슴엔 또 눈물 고인다
군대 가서 죽은 아들 생각
세월이 흘러갔는데
사무치는 슬픔은 어찌 그대로인가

후우 하고 내뿜는 연기 속으로
아들 얼굴 보인다
오늘따라 쟤가 왜 이리도 창백한가
아들은 작별의 손을 흔든다
할머니는 아들 손 따라잡으려고
허공으로 손 허우적거린다

청어

오랜 날
너는 창포를 떠나 있었다
그동안 어느 낯선 곳
바다모퉁이 헤매고 있었더냐

너의 번성을 기억하던
노인들은 지금 땅속에 있다
너와 나누었던
행복과 풍요의 시간을 그들은 거기서도
잊지 못하리라

다른 곳 다 다녀도
여기만큼 살기 좋은 곳 없었으리
네가 돌아와서
창포리 주민들은 흐뭇하다

오늘도 해풍 속에서
너를 손질하고
바닷물에 정히 씻어
덕장 대나무에 널어놓으며
돌아온 네 이야기로 꽃이 핀다

부스러기를 기다리는
갈매기는 멀찌감치 떨어져 앉아
일 끝나기만 기다린다

마을 입구에 단오 붓꽃 만발해서
처녀들 가슴 설레게 했다던
그 시절 창포 마을

3부
삼거리 주막

백 살 노인

이제 석 달만 지나면
백 살이라는 덕곡댁 할머니
경북 청도 화양 신봉리
마을회관에서 다른 할머니들과
화투 한판 신나게 놀더니
바쁘다며
유모차를 밀고
제법 가파른 언덕길인데도
쉬지 않고 올라간다
집 마당에 성큼 들어서자
고추밭으로 가서 잡초를 뽑아 던지고
빨갛게 잘 익은 고추를 따서
마루에 널어놓으신다
그리곤 방에 들어가 앉아
마당을 내다본다
삼시세끼 밥도 잘 챙겨 드시고
아픈 데도 별로 없다는
백 살 노인의 볼이 발그레하다
올해 여든이라는
몸져누운 큰딸이 걱정이라며
얼굴에 구름이 낀다

고인돌

농가 마당에
우두커니 앉아서
종일 구름바라기하는 고인돌
아득한 옛날
이 들판에 처음 놓이던
그날의 장엄한 광경을 잊지 못하네
땅속에 묻힌 씨족장
그 죽음을 애도하던 흐느낌 소리
바람에 귀 기울이면
지금도 귀또리 울음처럼
가느다랗게 들리네
아아 세월은 몇 겹이나 흘러갔나
경계와 담장이 생기고
사람들 마음에 울타리 놓이면서
고인돌은 남의 집
마당귀에 갇힌 몸 되었네
아낙네는 고추를 널고
남정네는 여기 누워서 별을 보네
이젠 무언가를 덮지도
고이지도 못하고
추모와 신성함조차 잃어버린 고인돌은

그저 뒷방 늙은이처럼
밤이면 혼자 일어나 웅얼거리네
아무도 그걸 모르네

보현분교

가은이 자매는
산골의 다문화가정 어린이
언니는 열 살
동생은 아홉 살

필리핀 엄마는 집 나가 소식 없고
아빠는 새마을지도자
올해 나이 쉰
자매는 서둘러 책가방 챙긴다

영천시 자양면
자양초등 보현분교
전교생이래야 모두 넷
선생님 차로 학교에 오고 간다

호젓하던 학교엔
지난 가을 입양한 유기견 두 마리
새 보금자리에서
강아지 일곱 마리 낳았다

종이 울리고

한창 수업 중인데
어미를 따라 어린것들 우르르
교실로 들어온다

하학종이 울리자
텅 비었던 운동장으로
분교 아이들이 일제히 달려간다
오늘만큼은 전교생 11명

송아지

경북 봉화
재산면 현동 마을
김수철 노인
젊어서 소 장사하던 시절
강릉 주문진까지
소 사러 동해안 오르내렸다
기운 펄펄 우지끈
그 이야기하며
눈이 쇠눈처럼 휘둥글

허리에 찬 전대에는
돈이 언제나 철철 넘쳐났고
술집 출입도 잦았지만
이젠 늙어
마당 한 켠에 우사를 짓고
수십 마리 소를 기른다
한 달 안쪽에서 송아지가
일곱 마리 났고
때 맞춰 소 값 올라 싱글벙글

난 지 사흘 된 송아지는

배총도 그대로 단 채
한쪽 구석에 단정히 무릎 꿇고
성자처럼 앉아 있다
겨우 일어섰다간 힘에 부쳐
저 혼자 픽픽
쓰러지는 송아지를
어미 소가 걱정 어린 눈으로
보고 있다

구산 포구

새벽
미명에 길을 떠나
허위단심 달려온 울진 구산 포구
민박집 할머니는
서둘러 조반상을 차렸다

새벽시장에 나가서 사온
싱싱한 아귀로
맑은 탕을 끓이고
횟대기 가자미로 만든 식혜

방어를 썰어 넣고
땅속에서 오래 익힌 김장김치엔
조상 대대로 살아온
이 마을 어민들의 곰삭은 삶과
세월 맛이 묻어났다

그 음식 가르쳐준
윗대 어른들 모두 세상 떠나고
이젠 이 마을
지킴이가 된 백발노인들

투박하고도 정겨운
울진 사투리의 억양을 들으며
내다보는 먹빛 동해
파도는 저 혼자서
대체 몇 억 년이나 소리쳐 왔나

망께 소리

절 밑에 있어서
사곡지란 이름이 붙은
이 저수지에
오늘 귀한 손님들 찾아왔다
왜놈들이 만들다가
8·15해방으로 떠난 자리에
저수지 완성시킨 그 시절 주역들
발채에 흙 한 번
가득 담아오면 물표 한 장
그 물표 다섯 장이면 밀가루 한 되
이 악물고
남은 힘을 다해
흙 지게 져다 날랐다
종일 뼈 빠지게 일하면
빈 지게에 밀가루 한 포 지고 왔다
오랜 만에 그곳을 찾아와
굵은 나무 등걸에
줄 여러 가닥 매단 망께로
매김 소리 맞춰 한바탕 놀아보는데
어여라 망께야
천근아 망께는 공중에 놀고

열두 자 말뚝은 용왕국 들어가네
좌중에 오시는 손님네야
줄 많이 댕기면 돈 많이 준다네
어여라 망께요
그 시절 힘든 삶을 재현하는
마을 노인들
눈가에 촉촉한 물기가 묻어났다

* 경북 구미시 도개면 신곡리 주민들이 부역으로 사곡저수지
만들던 시절, 제방에서 흙 다지던 '망께 소리' 사설의 일부를
후반부에 넣었다

정려각

임진년
그 모진 난리에
서방님은 의병으로 나가고
젊은 부인은
어린 딸 등에 업고
문암산 절벽 밑으로 숨었다
초근목피로
근근이 살아가던 어느 날
왜적들이 산중으로 온다고 했다
젊은 부인 초계 변씨
손가락 깨물어
치마폭에 혈서 써놓고
어린 딸과 절벽 위에서 몸 던졌다
그로부터 수백 년 세월 흘러
문암산이 바라다 보이는
신곡리 마을 입구에
아담한 정려각 세워졌나니
많은 사람들
이 앞을 지나다니나
여기 내력 아는 이 아무도 없고
굵은 왕거미만

대문 앞에 줄 쳐놓고
저 혼자 살랑살랑 바람을 탄다

*경북 구미시 도개면 신곡리에 있는 초계 변씨 정려각(旌閭
閣)

황령 마을

경주엔 금척
상주엔 은척

옛 신라 사람들이
은자를 묻었다는 은자산 자락에서
인간의 터전을 내려다본다

산들이 병풍처럼
사방으로 에둘러 싸인
경북 상주 은척면 황령 마을

갯가에 껴안고 선
두 그루 당산나무 중에서
어느 것이 암나무이고 수나무인가

마을 앞 저수지는 꽁꽁 얼고
빙어 잡는 사람들 두 셋
늘 오가던 주민들은 보이질 않네

소한 대한 지나도
풀리지 않는 매서운 추위가

마을회관 앞에 오늘도 웅크리고 있네

경주엔 금척
상주엔 은척

* 신라시대 조정에서는 백성들 삶의 안정과 평화를 위하여 경
주엔 금으로 만든 자, 상주엔 은으로 만든 자를 묻었다고 한
다. 상주 은척면의 지명 유래는 이와 관련된다.

다부동에서

― 김봉자 할머니의 회고

피란 갔다 돌아오니
불 탄 마을은 잿더미만 남았고
마당 여기저기에
병사들 주검이 뒹굴었어
쓰러진 말도 보였는데
엉덩이엔 벌써 파리 떼가 끓었지
모든 것이 고요와 적막

그 속에서
마을어른들은
침통한 얼굴을 하고
들것으로 주검을 날라다
모두 한 구덩이에 던지고 묻었어
애들이 볼까봐
무섭게 소리쳐 쫓았네

봄나물 뜯으러 산에 오르면
누런 해골이 보였고
여름밤이면
산등성이로 퍼런 인불이 날아다녔어
날 저물면

집집마다 일찍 문 걸어 닫고
바깥소리에 귀 기울였지

수만 명 병사가 죽어
너 나 없이 함께 곤죽이 되었던
경북 칠곡군 가산면 다부동
유학산 격전지
육십 년 세월이 흘러
무심한 바람만
숲과 마을을 쓸어가누나

* 6·25전쟁 중 최대 격전지의 하나. 55일간의 다부동 전투
에서 피아간(彼我間) 약 3만4천 명의 사상자가 발생하였다.

가송 마을

사방이
산으로 둘러싸이고
앞으로는 거친 물살의 낙동강
다리 놓이기 전엔
나룻배로 건너 다녔단다

겨울엔
솔가지 얹은 섶다리
이 마을엔
태어나 백리 밖 못 가보고
기차 구경 못 하고 세상 떠난 사람
많았단다

서낭당 문을 여니
서낭여신 색동치마저고리
여러 벌 걸려 있네
산신각에는
백발신령님 좌우를 지키는
동자와 호랑이

너와집 풍산할머니

친정도 골짝인데
어이 더 험한 산골로 시집 오셨나
안동시 도산면 가송리
애옥살이 맺힌 이야기가
강물처럼 끝이 없다
눈물 그렁그렁

마을 상쇠로
평생 살아왔다는 이 댁 할아버지
술기운 슬슬 오르시는지
흘러간 세월만 자꾸
두들긴다

마구령

경상도 순흥에서
유배 살던 금성대군이
강원도 영월로 압송되어온
어린 조카 단종을 찾아가서 만났다

둘은 마구령 골짜기
남대리 너럭바위에 마주 앉아
피멍든 가슴 서로 쓰다듬고 달래었다
노송나무가 이를 지켜보았다

삼촌이 먼저 위로의 말 건네었다
폐하께서는 이 힘든 시간
잘 견디옵소서
제가 반드시 복위시켜드리겠습니다

단종은 고개 들고
젖은 눈으로 하늘만 바라보았다
석양 무렵 두 마리 새가
끼룩거리며 서쪽으로 날아갔다

그렇게 헤어진 얼마 뒤

조카 단종이 너무도 비참하게
청령포에서 먼 길 떠났다는 비보가 왔다
금성대군도 곧 조카 뒤를 따랐다

마구령 골짜기 숲에는
목이 멘 두 마리 소쩍새가 울었다
이 골짝 저 골짝으로 밤새
옮겨 다니며 화답했다

* 마구령(馬驅嶺) : 경북 영주시 부석면 남대리에서 충북 단양
군 영춘면으로 넘어가는 고개. 높이는 해발 820m.

삼거리 주막

옛날도 옛적
경주 포항 청송 쪽으로
서둘러 길 가던 장사치무리들
날 저물면 들어와
하루 피로를 막걸리 잔으로 풀고
옆방 나그네와
세상 이야기 도란도란 주고받으며
다리쉼을 하던 곳

밤은 깊어가고
호롱불은 점점 가물가물한데
열린 방문으로 들리던 개구리 소리
고단한 과객들 진작 목침 베고
코고는 소리 요란한데
근심 많은 나그네는
잠 못 이루고 삼경이 넘도록
홀로 깊은 한숨

그 삼거리 주막 술청
권주가 한 자락 곁들여주던
입술이 빨간 주모는 지금 어딜 갔나

세월은 어디만큼 흘러갔나
말집도 팔모알상도
반들반들 목침도 사라지고
지금 삼거리엔
마트와 기사식당만 서 있구나

* 경북 영천시 화산면 삼부리의 세 갈래 길에 있던 주막
* 팔모알상 : 테두리가 팔각으로 만들어진 개다리소반

열사의 무덤 앞에서

우리가
서로 갈려 딴판을
벌여선 안 된다고 목 놓아 외치던
안동 풍산면 가일 마을
권오설 청년

그는
풍산 들이 바라보이는
야트막한 언덕배기 풀숲에
홀로 말없이 누웠다
무덤 위로 짙은 어둠이 내린다

사랑하던 동생은 북으로
형은 죽어서 남녘 땅
그 뜨겁던 항쟁의 열정도 사라지고
이 겨레 기어이
갈라져 살아온 지 어언 칠십 년

우리는 언제쯤
한마음으로 손목 잡고
한길 한뜻으로 같이 나아갈 것인가

청년열사의 탄식이
무덤 속에서 들려오누나

* 권오설(權五卨, 1899~1930) : 경북 안동 출신의 독립운동
가. 1926년 순종의 장례식을 기해 전국적으로 펼쳐진 6·10
만세운동의 중심인물로 활동하다가 체포되어 모진 고문을 받
던 중 서대문형무소에서 옥사하였다.

장사 마을

이 산골마을에는
도랑바닥에 가재도 산다
그 옆으론 도롱뇽도 기어 다닌다
반딧불이도 날아다닌다

금닭이
알을 품고 있다는
명당 터에서 가파른 세월 살아 온
경주 산내면
장사 마을 사람들
맑고 정갈한 대자연이
풀과 새와 벌레를 다정스레 보듬고 키우듯이
이곳 부모들은 아들 딸 많이도 낳았다

앞집은 딸만 다섯
뒷집은 일곱 아들 줄줄이
옆집은 여덟 남매란다
이런 집이 골짝마다 수두룩하단다
들일하던 남편이
잠시 안방을 다녀가면
그 틈에 선뜻 아기 들어섰단다

96

겨울 아침
돌담길 걷다보니
열매 조롱조롱 달고 있는
고염나무가
아기 젖 물린 채 졸고 있는 어미처럼
담 모퉁이에 묵묵히
서 있다

어느 실향민

육니오 전
오마니랑 둘이 내려왔시요
잠시 서울 길이었시요
내 고향 피양엔
아바이와 누나 둘
이별인 줄도 모르고 갈라졌시요
단출한 이남 살림
오마니는 이 아들을 늘 당신 영감님처럼
받들고 섬기셨지요
자나 깨나 북녘 딸네들
소식 몰라 그리도 애태우셨지요
여러 경로로 알아보니
남은 가족들
모두 다 죽었단 소식만 들었시요
오마니께 차마
그 얘기 들려드리지 못했시요
이산가족 상봉 있을 적마다
빨리 신청하라고
성화가 불 같았시요
그 오마니가
지난 해 돌아가셨지요

유언도 혈육을 반드시 찾으라는
오직 한 말씀
이 아들은
북녘가족들이 다 돌아갔다는
그 아픈 이야기를
차마 들려드리지 못 했시요
자꾸만 눈물이 흘러서
더 말 못 하갔시요

4부

경계선

너구 마을

성씨도
말씨도
온 곳도 서로 다른

세 할머니가
등 붙이고
마음 붙이고 기대어 살아가는

하늘 아래
첫 동네
청송 너구 마을

풀이파리 같은 마을에
날이 저문다
할머니들은 벽에 걸린
가족사진 보다가 잠이 든다

경계선

김씨네 집
마당 가운데로
경계선이 지나간다
안채는 경북 고령 덕곡면
바깥화장실은 경남 합천 야로면
김씨는 용변 보러
경북에서 경남으로 왔다가
곧 경북으로 돌아간다
하루에도 몇 번이나
이 짓을 한다
바로 이웃
경남 야로 부인네들이
경북의 김씨네 집으로 마실 왔다가
저물 무렵
경남 본가로 돌아간다
덕곡 할머니들은
야로 노인정에서 놀다가
경북으로 돌아간다
이곳에서는 파리도 두더지도
바람도 구름도 풍뎅이도
경남북을 마구 제멋대로 오고 간다

아, 인간의 삶에서
경계니 구분이니 차별이니 하는 따위가
대체 무슨 소용이란 말인가

옻밭 마을

간밤에
무서리가 내렸는가
초록이 온통 주저앉았다
감나무엔
빨간 감들이 맨살로 찬바람 맞고 있다
예로부터 옻나무가 많아
이름조차 옻밭 마을이 되어버린
경북 칠곡군 동명면
송산리엔
옻도 많지만 굴참나무가 더 많다
산에서 주워 모은 도토리로
오늘은 할머니들이
묵을 빚고
젊은 남정네들은 떡메로 떡을 친다
왁자지껄한 마을이
모처럼 사람 사는 곳 같구나
회관 옆에 걸어놓은
양은솥에선 옻을 듬뿍 넣은
닭이 김을 뿜어대네
아이구야
점심으론 옻닭을 먹겠네

걸쭉하고 구수한 갈색 국물이
제대로 우러난
옻닭을 소주랑 함께 먹겠네

첫물 복숭아

마을회관에
한 할머니가 첫물이라며
복숭아 들고 오셨다
산언덕 돌아 맨 위쪽에 있다는
할머니의 복숭아밭

간 밤
굶주린 멧돼지가
떼를 지어 다녀갔단다
멧돼지는 떨어진 과일부터
우선 먹어치우고

그 담엔
앞발로 나무 둥걸 잡고 서서
마구 흔들어대었다
뺨이 발그레한 복숭아는
이렇게 무참히 떨어져 내렸다

멧돼지 화적 놈들
허겁지겁 배 채우고 달아났다
이른 아침

할머니가 밭에 가보니
빈 나무들만 안개 속에 휑뎅그렁

등걸 여기저기엔
멧돼지 발톱자국 아직도 선명
올 과일농사는 폐농
그 난리통에 몇 개 살아남은 복숭아
오늘 들고 오셨다

솥골

마을 둘러싼
세 개의 산봉우리를
솥 다리로 생각한 이 고장 조상들
마을 이름 솥골의 유래도
그렇게 생겨났다
경북 문경시 마성면
산 좋고 물 좋은 솥골에서
양조장 만들어
세계 최고의 막걸리 빚겠다는
탁주계 숨은 야심가
솥골의 복만 씨
막걸리 상표는 자기 이름 뒤집어
만복이라 붙였다
받으시요 받으시요
만복주 한 잔을 받으시요
마을회관에서
오늘은 배추전 부치고
돼지족발에 콩나물 삶아 무치고
갓 무친 겉절이 새우젓에
상다리가 휘어지는구나
외롭게 살아온 늙은이들 모여

틀니 털럭거리며
모처럼 맛있는 음식 나누는구나
늘 이런 시간이라면
얼마나 좋을꼬

마을잔치

경북 영주시
평은면 용혈 마을
아침부터 확성기 방송 들리더니
잠시 후 주민들 꾸역꾸역 회관으로 모여드는데

바깥노인들은
안방에 자리 잡고 바둑장기 놀고
아들 손자 다녀간 애기
소 팔았던 애기 풀어놓고

건넌방에서는
안노인들끼리 편 갈라
담요 깔고 달력 뒤집어 윷판 그려놓고
개여 모여 걸이여

주방에선
젊은 아지매들 상차림 준비
귤이랑 사과랑
송편에 배추전에 고명 올린 떡국
그득하게 차려서
두 사람이 맞들고 방으로 들어오네

영주댐 건설로
자칫 물속에 잠길 뻔했던 마을
줄곧 마음 졸이다가
천지신명 도움으로 모든 것 살아남아
이토록 흥겨웁구나

신당리에서

여름이면
낙동강 새벽안개
온 마을 논밭을 정겹게 감싸 안고
갈대숲 쳐낸 모래땅에
수박모종 내리니
이곳은 하늘이 준 수박밭 되었다
일 년 사시장철
낙동강 물소리 들으며
그 강에서 멱 감고
맑은 물 이끌어 농사지으니
낙동강은
어머니의 젖줄
마을주민들 생명줄이었지
허나 그 고운 강은
예전의 흐름조차 잃고
얼굴에 퍼런 이끼 둘러쓴 채
껍데기만 남은 강 되었다
낙동강이여
너의 싱그런 넋은 어디 갔나
대도시로 마을 편입되고
부동산이 다락같이 뛰었다 한들

그건 좋아할 일 아니다
사라진 옛 평화는
이제 어디서 되찾아 오나

* 대구시 달성군 옥포면 신당리

노랫가락

하루 일 끝내고
날 저물었다
어촌계장 댁 마당에 술판 벌어졌다
이래저래 어울린 사람이
여덟 하고도 아홉

장구와
아코디언과 젓가락장단으로
분위기 무르익어 가는데
이 댁 안주인은
소주 한 잔 마시고 입을 쓰윽 닦더니
소리 한 자락 쏟아낸다

영감님은
냉큼 장구채를 잡는데
그야말로 부창부수
길게 이어가는 노랫가락이 벌써
몇 절 째인가
마침 지나가던
윗마을 무당 윤 보살 들어와
소리를 주고받는다

소한 지나
영하의 추위도 매서운데
마당귀에서 활활 타는 모닥불 위로
눈발까지 뿌리는데
술판은 점점 달아오른다

발그레한 얼굴로
두 여인이 주고받는 노랫가락이
어찌 이리도 아름다운가
솟구치는 흥을 못 참고
나는 기어이 일어나
덩실덩실 곱사춤 추었다

옹기 김수환

아배는
떠돌이 옹기장수
아배 돌아가시고 나서
어매도 두 팔 걷어붙이고 옹기장수

점골에서 만든
질그릇 오지그릇
등에 지고 머리에 이고
어매는 새벽길 떠나 효령 장 가셨다

장날이면
형아랑 해 저물도록
마루에서 어머니를 기다렸지
달빛 밟고 서둘러 걸어오시던 어매

세상의 온갖 것
두루 끌어안고 사람들
아픔과 서러움까지도 담아주는
옹기 되라 하셨지

이 나라 황토

흙으로 투박하게 빚어
가마 속 매운 불로 오래 오래 구워낸
옹기 김수환

* 점골 : 추기경이 소년시절 약 10년간 살았던 경북 군위군 군
위읍 용대리의 마을. '옹기'는 김 추기경의 아호이다.

추억

그 옛날
과거보러 서울 가던
과객들 묵어가기도 했다는
주막과 마방이 이 마을에 있었다는데
한참 손님 들면
주막집 마당이 장바닥 같았다는데
지금은 물속에 잠기고 없다

주막에서 술 팔던
입술이 빨간 여인은 어디로 갔나
그 많던 말과
마부들은 모두 어디로 갔나

두런거리는 소리
맑은 워낭소리 들리던
마방의 새벽 풍경이 아직도 선하다는
이장 영감님

어린 날 아버지 명으로
주막에서 술 받아오던 길
목이 몹시도 말라

주전자꼭지에 무작정 입대고 빨던
그때를 잊을 수 없다며
저수지 물안개를
흐린 눈으로 바라보았다

느타리

허름한
비닐하우스로 들어가니
신선한 향내가 코로 스미네
많기도 많아라
크고 작은 버섯들이 올망졸망
고개 내밀고 있네

남극 바닷가
얼음 위에 바글바글 몰려 앉은
목이 흰 펭귄
선거유세장에서
일제히 쪼그리고 앉아
후보연설 기다리는 대중들

서로
자기 손 잡아달라며
아우성치는 아이들의 내뻗는 팔
제 몸을 누른
장독 밑으로 비집고 나오는
잡초들의 안간힘

한 송이 뽑아
손바닥에 올려놓고
자세히 자세히 들여다보는데
놀라워라 거기엔
할아버지에서 손자까지
온 가족 다 모여 있네

파전 마을

팔공산 뒤통수가
먼발치로 바라다 보이는
너른 들 한 가운데
파전리는 있다
오늘도 무슨 행사 있는지
유모차 끄는 할머니들 하나 둘
회관으로 모여든다
파전리 저수지로 낚시 다니다
결국 이 마을에 집을 짓고
귀농인 되었다는
김점태 씨
그는 대구 팔달시장에서의 장사가
지긋지긋했다고 말한다
출장뷔페 트럭이 도착하고
귀농인의 집 마당은
삽시에 식탁과 음식이 차려진다
이장이 주민들 앞에 나와
한 마디 한다
전북 부안의 소주리
강원도의 안주리에서 전화가 왔는데
우리 파전리와 술상 차려

한판 멋지게 놀아보자고 하는데
여러분 생각은 어떤기요
잔칫집 마당엔
환한 웃음꽃 만발했다

* 경북 군위군 의흥면 파전리

가자미식해

잘게
썰어놓은 가자미
가지런하게 채 썬 무와 엿기름
밥 한 사발과 양파즙
곱게 간 고춧가루
다진 마늘과 엿기름이 앞에 놓여 있다

밥은 양파즙 껴안고
가자미는 엿기름 보듬어 안고
그 위에 고춧가루
몇 움큼 쥐어 슬슬 뿌려준 다음
전체를 뒤집으며
다정스레 버무려 간다

영감님께서
작은 단지 씻어 와 옆에 갖다 두니
할머니는 다 버무린 것을
그 안에 차곡차곡 쟁여 넣는데
이때 그윽한 손맛은
반드시 따라 들어가는 것

오늘부터 식해는
차고 응달진 곳에서
열흘간의 발효와 숙성 참고 견디며
옛 조상님 지혜와
정성이 듬뿍 밴 모습으로
드디어 진정한 식해가 되어가는 것이다

차갑고 일정한 온도
결코 서두르지 않는 느긋한 끈기
외진 곳의 고독을 이겨내고
모든 재료는
하나로 부둥켜안은 채
진정한 가자미식해로 거듭나는 것이다

노루

– 경북 고령 덕곡 옥계 마을 장소선 할머니의 이야기

날 샐 무렵
마당에 인기척이 들려 나가보니
큼직한 노루가 서 있디더

옴마야
지캉내캉 서로 놀래
그냥 마주보고 멀뚱 섰는데
제풀에 놀랜 노루가
앞발굽으로 마당을 박차더니
장독대로 뛰어드는 기라

그 바람에
내 시집오던 해
일부러 장만해온 옹기를
와장창 깨어놓고
비행기처럼 몸 솟구치더니
흙담 너머로 풀쩍 뛰어 달아나디더

노루 섰던 자리엔
발톱 긁은 자국 남아있고
노루 타넘은 담장기와 다 부서지고

장독대 여기저기엔
빠진 털만 가랑잎처럼 우수수
흘려놓았디더

내 살아온 게 요 모양 요 꼴이다 싶어서
나는 깨진 옹기를 들고 우두커니
노루 간 곳만 봤니더

내원 마을

청송 주왕산
끝자락 내원 마을
가재 도랑에 설설 기고
밤이면 별들이
물에 내려와 자맥질하며 놀았다

내원분교 다니던
코흘리개 아이들 둘은
자라서 주왕산 입구
남편은 돈을 헤고
아내는 묵 빚는 식당집 부부 되었다

평생 내원에서 살다가
청춘이 구름처럼 흘러간 한 사내는
홀로 옛 추억 되새김질하며
수염 허옇게 나부끼는
사슴 할배 되었다

엄마 하늘로 가고
외할미 품에서
혼자 외롭게 자란 그 아들도

주왕산 입구에서
막걸리집 주인으로 살아간다

전기조차 없던 내원 마을은
인적 끊어지자
고라니 멧돼지들 차지로 되돌아가고
지도에서 그 이름조차
지워졌다

일상에서 걸러진 축제의 세계

송기한(문학평론가)

『마을 올레』의 무대

이동순의 『마을 올레』는 시인의 16번째 시집이다. 1973년 동아일보 신춘문예에 「마왕의 잠」이 당선되어 문단에 나온 이후, 정확히는 44년 만에 16번째의 시집을 만들어내고 있는 것이다. 시력(詩歷)이 많은 만큼 시의 생산 또한 많은 편인데, 이는 바로 시에 대한 시인의 열정을 말해주는 것일 것이다. 열정이 있다는 것은 치열한 시정신의 탐색과 곧바로 연결될 수밖에 없는데, 각각의 시집마다 보여준 고유한 시세계는 이를 증거한다. 그 연장선에서 시인은 요즈음 새로운 지대에 관심을 지속적으로 표명하고 있는데, 주로 과거적인 것, 전통적인 것에 그 초점을 맞추고 있다. 특히 지난 시절의 대중가요는 물론이고, 전국을 돌며 세월이 켜켜이 묻은 사물과 공간들에 대해 세세하게 들여다보고 있는 것이다. 그는 어째서 현재나 미래보다는 과거로 되돌아가고 그 틀 속에서 사유하고자 하는 것일까.

이번에 상재되는 『마을 올레』의 주된 무대는 시인의 고향인 경상북도 일대이다. 시인의 말에서도 드러나 있는 것과 같이 그는 "그러게 가을부터 경상북도 예순 세 군데 마을을 매주 연속으로 옮겨 다니며" 15개월 동안 이곳을 탐방하면서 시를 생산해내었다고 했다. 그리고 "이번 시집에 수록된 58편의 시작품은 하나같이 그동안 달려온 발자국의 장엄한 기록"이라고도 했다. 그는 여기서 이번 시집에 수록된 작품들을 두고 '장엄한 기록'이라고 스스로 치켜세우고 있는데, '장엄함'이란 미학적으로 가장 높은 숭고의 지대에서 형성되는 정서의 흔적이라는 점에서 우리의 주목을 끌고 있다. 따라서 시인이 이번 시집에 수록된 작품을 '장엄한'이라고 한 것은 분명 이유가 있을 것이다.

우선, 그의 시들을 읽노라면 재미가 있고, 순수한 정서의 맛도 느껴진다. 그리고 무엇보다 편안하게 읽힌다는 장점이 있다. 이런 감정이란 시속에 펼쳐지는 정서들에 대해 공감대라든가 친근성이 없으면 불가능한 것들이었다.

한편 그의 시들 속에서 고향을 재현하고자 했던 백석의 유랑의식이 연상되기도 했고, 미당의 『질마재 신화』가 떠오르기도 했다. 경우에 따라서는 백석의 그것이나 미당의 그것을 모두 종합해놓은 어떤 복합적 정서가 읽혀지기도 했다. 그만큼 『마을 올레』는 백석과 미당 이래로 신선한 충격을 주었고, 문제적인 시집의 반열에 놓인 것이라 할 수 있다.

백석은 고향에 대한 공간화방식으로 근대성에 맞서려 했다. 뿐만 아니라 우리의 방언과 풍속의 재현을 통해 조선적인 것의 정체성을 지속적으로 복원하고자 했다. 그것이 민족주의의 발로였고, 일제에 대한 안티 담론이었음은 익히 알려진 바와 같다. 미당의『질마재 신화』도 백석의 시정신과 어느 정도 연관되어 있다. 미당은 자신의 고향인 질마재를 통해 전통과 현대의 매개항을 모색했고, 신화, 전설, 민담, 혹은 일상의 제반 사실들을 매개로 해서 영원성을 도모하고자 했다. 그러한 구현이 근대에 대한 반담론이었음은 자명한 일이라 할 수 있다.

전통의 복원과 신화적 재현

이동순의『마을 올레』는 전통의 복원이라는 측면에서는 백석과 닮아 있지만, 신화적 국면의 현대적 재현이라는 측면에서는 미당과 연결되어 있다. 그만큼 그의 시는 복합적이라 할 수 있고, 또 이런 면들이 백석이나 미당과 구별되는 이동순만의 고유한 시세계라 할 수 있다. 먼저 이동순의 시에서 드러나는 전통의 복원이 어떻게 이루어지는지 살펴보자.

목화다방을 아시나요
상주 은척 면소재지 장터 끝에서
오른쪽으로 돌아가면
숨어서 빠끔히 내다보는
간판 하나가 걸려 있는데요
거기 큰 마담은

한 자리에서 사십 년 넘도록
시골다방을 지켜 왔대요
봄바람 가을비가 몇 번이나 지나갔나
어느 틈에 회갑을 넘겼다며
배시시 웃는 마담 눈가에
잔주름이 오글오글 돋아나네요
난로 옆에는
칠순이 넘어도 여전히 건달기 가득한
은척 영감님들 서넛
고스톱 치느라 옆 돌아볼 틈도 없는데
국자도 주전자도
벽에 걸린 액자도 불알시계도
모두 모두 세월의 때가 덕지덕지 앉은
골동품들이랍니다
상주 은척 목화다방 소파에 앉으면
나도 저절로 골동품이 됩니다

– 「목화다방」 전문

   차를 마실 수 있는 공간을 지금은 모두 카페라 부르고 하지만, 예전에는 모두 다방이라고 했다. '목화다방'이라는 제목도 그러하거니와 이 작품을 꼼꼼히 읽어 보면, 1960~70년대쯤에 흔히 볼 수 있는 조그만 도회의 한 장면을 연상하게 된다. 이 시대를 경과한 사람들에게 이 장면이 동일한 정서적 공감대를 가져오는 것은 당연한 일이거니와 그렇지 못한 세대에게도 아날로그 문화가 무엇인지에 대해서 어렴

풋이 짐작할 수 있게 해준다.

「목화다방」은 회고의 정서라는 테두리에서 설명할 수 있
는 작품이다. 우리 시대 최고의 재현이라고 할 수 있을 정
도로 이 작품에는 1960~70년대의 생활상이 그대로 복구
되고 있고 또 현재화되어 있다. '국자'와 '주전자', '벽에 걸
린 액자', '불알시계', 그리고 '다방의 소파' 등등이 그 시절
의 아련한 향기를 불러일으키는 대상들이며, 영화의 한 장면
같은 것들, 가령 '배시시 웃는 주름 많은 마담'의 모습이나
'고스톱 치는 영감들'의 모습들도 우리들로 하여금 과거로
의 여행을 떠나게 하는 것이다. 이러한 장면들은 남편 잃고
보따리 장사로 생계를 유지했던 김말분 할머니(「어등역」)의
모습이나 "나이 서른에 남편 죽고 자식 죽"은 용포 마을의
여인(「그 여인」)의 모습에서도 찾을 수 있다.

『마을 올레』에서는 이렇듯 과거의 모습들이 세세하게 재
현된다. 마치 과거의 활동사진이나 역사책을 보고 읽는 듯
한 착각을 불러일으킬 정도로 과거의 장면들이 자연스럽게
우리 앞에 생생하게 다가오고 있는 것이다. 이런 의장들은
백석의 그것과 꼭 닮아 있는 모습이다.

경주엔 금척
상주엔 은척

옛 신라 사람들이
은자를 묻었다는 은자산 자락에서
인간의 터전을 내려다본다

산들이 병풍처럼
사방으로 에둘러 싸인
경북 상주 은척면 황령 마을

갯가에 껴안고 선
두 그루 당산나무 중에서
어느 것이 암나무이고 수나무인가

마을 앞 저수지는 꽁꽁 얼고
빙어 잡는 사람들 두 셋
늘 오가던 주민들은 보이질 않네

소한 대한 지나도
풀리지 않는 매서운 추위가
마을회관 앞에 오늘도 웅크리고 있네

경주엔 금척
상주엔 은척

—「황령 마을」 전문

과거의 일상성과 더불어 이동순의 시들에서 자주 시화되
고 있는 것 가운데 하나가 신화성의 재현이다. 신화나 설화
는 이른바 보편의 정서라는 특색을 갖고 있다. 여기서 말하
는 보편이란 모든 이질적인 것을 하나로 통합하는 기능이며,
그 결과 어떤 대상에 대해 통일적 질서를 부여하는 것이다.
신화의 그러한 일반적 의미에 기대어 보면, '황령 마을'의 전

설은 타당한 시적 설정이고, 또 그것이 마을로서 갖는 존재 의의도 분명할 것이다. 이른바 근원 사상의 구현 때문에 그러하다. 상주의 은척면이 만들어진 근원 설화는 이렇게 구성된다. 신라 시대에 조정에서는 백성들의 안정과 평화를 위하여 경주엔 금으로 만든 자(尺), 상주엔 은으로 만든 자를 묻었다고 하는데, 상주 은척면의 지명 유래가 이렇게 비롯되었다고 한다. 여기서 알 수 있는 것처럼, 신화나 설화는 한 지역을 이끌어가는 지도원리이자 정신적 구심점의 역할을 한다고 하겠다.

역사와 일상의 지평

시인은 자신이 탐색한 지역에서 과거적인 것들에 대해 많은 관심을 갖고 이를 시의 소재로 만들었다. 이런 신화 이외에도 과거의 역사를 추적해 들어가 마을의 지명과 전설이 무엇인지에 대해 말하고자 했다. 가령, 단종과 금성대군의 일화가 깃든 '마구령'의 역사를 비롯하여(「마구령」), 왜적에 대항한 '정려각'의 설화에 이르기까지 이 시집에서 차곡차곡 복원시키고 있는 것이다.

　　노인들만 계시는
　　마을회관에 두 꼬마가 논다
　　아빠는 산판 하러 갔고
　　엄마는 식당에 일하러 갔단다
　　나이 마흔 넘어서
　　캄보디아 처녀에게 장가든

이 마을 노총각 출신
성찬이 아빠
(중략)
이름을 물어도
말없이 눈만 멀뚱
노인들 틈에 낀 채 방바닥에서
이리 뒹굴 저리 뒹굴
심심하기 짝이 없는
다문화가정 성찬이 형제 얼굴에는
한국도 들어있고
캄보디아도 들어있었다.

                      – 「성찬이 형제」 부분

『마을 올레』에는 과거의 역사나 마을의 신화, 전설뿐만 아니라 현재의 일상도 담겨있다. 도회의 어느 곳에 있을 법한 다문화가정이 이곳 시골에도 고스란히 펼쳐져 있음을 이 작품은 알리고 있다. 이제 다문화가정이란 어느 한 곳만의 독특한 문화가 아니라 우리 주변의 모든 지역에서 흔히 볼 수 있는 익숙한 광경이 되었다. 이것은 특이함의 정서나 장면으로 존재하는 것이 아니다. 그런 모습들은 이제 친숙한 일상성으로 자리잡은 것이다. 그리고 그런 것들이 모두 시인의 작품 속에 고스란히 들어오고 있는 것이다. 따라서 그의 시집을 두고 백화사전과 같은 기능을 하고 있다고 하면 과언이 되는 것일까. 어떻든 시인은 집요하게 과거 속으로 여행해 들어가고, 그러한 과정을 통해서 지나온 것들이 그의 시편들에 빼곡하게 복원되고 있다. 물론 이러 과거에의 여행이 회고적

차원에서 이루어진 것일 수도 있고, 근대에 대한 안티 담론의 차원에서 시도된 것일 수도 있다. 뿐만 아니라 과거에 비해 그렇지 못한 현실에 대한, 일종의 대체사의 관점에서 시도된 것일 수도 있다. 그러나 그것이 어떤 동기에서 비롯되었든 간에 시인이 의도하고자 했던 것은 분명해 보인다. 이른바 삶의 원형적 모습이란 무엇이었을까 하는 것에 대한 궁금증이다. 다시 말해, 이러한 복원을 통해서 시인이 보고자 했던 현재의 새로운 모습의 일단이란 어떤 것이었을까 하는 것, 곧 그의 시작 의도를 간취볼 수 있다는 점일 것이다. 그리고 그런 의도를 보여주는 작품 가운데 하나가 「산포리 마을」이다.

골짜기 굽이쳐온 왕피천은
동해 푸른 가슴으로 달려가 안기고

그 흐뭇한 광경 일 년 내내
바닷가 산언덕에 지켜보는 망양정

산 아래 길가엔 이 마을 출신
젊은 부부가 열고 있는 토박이 횟집

태극기 펄럭이는 마을회관엔
홀로된 할머니들 종일 화투 노는 소리

마누라보다 술을 더 좋아하던
죽은 남편 생각에 눈물짓는 민박집 여인

마을의 온갖 시름 등에 업고
먼 바다로 떠날 채비하는 거북바위

이윽고 날 저물어 수평선 위로
붉은 달 살포시 얼굴 내미는 울진 산포리

　　　　　　　　　　－「산포리 마을」 전문

　이 작품은 '산포리 마을'의 외관을 묘사하고 있는 시이지
만, 그러나 그 모습은 이 지역만의 고유한 특성에서 그치지
않는다. 여행을 통해서 보게 된 지역 가운데 하나라는 특성
을 넘어서 이 작품 속에는 시인이 의도했던, 마을의 원형질
이 담겨 있기 때문이다. 우선, 1연과 2연은 산포리 마을의 배
경이면서 이 지역의 전설 혹은 신화를 담고 있는 부분이다.
마을 형성에 대한 서사구조가 표 나게 나타나 있는 것은 아
니지만, 산포리 마을을 둘러싼 독특한 자연 환경 모습 속에
서 어떤 신화적 함의를 읽어낼 수 있기 때문이다. 다음, 이
마을 아래 펼쳐진 젊은 부부의 토박이 횟집이나 마을회관에
서 종일 화투치며 노는 할머니의 모습들은 이 지역의 평범
한 일상들에 속한다고 할 수 있다. 민박집 여인의 모습 또한
마찬가지의 경우이다. 6연의 거북바위는 1연과 2연의 신화
적 상상력과 연결된 것이고 마지막 연은 자연의 한 모습을
담고 있다. 자연은 신화적 영역이면서 섭리나 이법과 같은
우주라는 형이상학적 영역에서도 이해될 수 있는 부분이다.
　이런 것들이 총체적으로 어우러진 것이 '산포리 마을'이다.

이는 정서상 전일성의 측면으로 이해된다. 이는 근대로부터
손상된 부분이 없을 뿐더러, 갈등과 같은 인간의 욕망과도
거리가 먼 지대로 구현된다. 시인의 눈에 들어온 '산포리 마
을'이란 완전한 공동체, 혹은 통일체로서의 그것일 뿐이다.
시인은 여러 지역의 여행을 통해서 각 지역마다 가지고 있는
다양한 편린들을 보아왔고, 이를 사색의 단편으로 문자화해
왔다. 그것들이 영화의 장면처럼 부챗살의 모습으로 제시된
것이 『마을 올레』이다. 이 마을의 어떤 지역은 회고의 대상
으로, 어떤 지역은 신화와 역사의 공간으로, 어떤 지역은 평
범한 일상의 공간으로 제시되고 있는 것이다. 그런 관점에서
보면 「산포리 마을」은 과거의 완전성을 고스란히 재현하고
있는 지역이라 할 수 있다. 시인이 찾고자 했던 것은 어쩌면
이런 시원적인 모습이 아니었을까. 그러나 이러한 모습은 희
망의 차원일 뿐, 『마을 올레』에 나타난 고향의 전반적인 모
습들은 전혀 다른 경우였다. 그런 이질성들을 극복하고 온전
한 통일체를 찾아내는 것이 이 시집의 주제일 것이다.

　「산포리 마을」에서 보듯 시인이 찾고자 했던 주제의식은
분명해 보인다. 그의 사유 속에는 동일성에 대한 그리움의
정서가 강하게 녹아들어 있었던 것이다. 이미 '산포리 마을'
의 정서에서 그 일단을 알 수 있는 것처럼, 그의 시선들이
포즈를 취하고 있는 것은 무엇보다 고향의 정서이다. 고향
이란 분열과 경계를 넘어서는 통합의 정서를 떠나서는 성립
되지 않는다.

농가 마당에
우두커니 앉아서
종일 구름바라기하는 고인돌
아득한 옛날
이 들판에 처음 놓이던
그날의 장엄한 광경을 잊지 못하네
땅속에 묻힌 씨족장
그 죽음을 애도하던 흐느낌 소리
바람에 귀 기울이면
지금도 귀또리 울음처럼
가느다랗게 들리네
아아 세월은 몇 겹이나 흘러갔나
경계와 담장이 생기고
사람들 마음에 울타리 놓이면서
고인돌은 남의 집
마당귀에 갇힌 몸 되었네
아낙네는 고추를 널고
남정네는 여기 누워서 별을 보네
이젠 무언가를 덮지도
고이지도 못하고
추모와 신성함조차 잃어버린 고인돌은
그저 뒷방 늙은이처럼
밤이면 혼자 일어나 웅얼거리네
아무도 그걸 모르네

－「고인돌」 전문

「고인돌」은 통합에 대한 시인의 의도를 잘 보여주는 작품

가운데 하나이다. 우선 시인은 고인돌의 역사를 통해서 경계의 역사와 담장의 역사가 어떻게 생겨났는지에 대해 천착하고 있다. 이런 주제의식을 드러내기 위해 서정적 자아는 시공을 넘나드는 자유로운 상상력의 힘을 발휘한다. 아득한 옛날 고인돌이 처음 생겨날 때, 이 자아는 그날의 장엄한 광경을 잊지 못한다. 비록 상상 속에서 생각한 것이지만, 고인돌은 죽은 자만의 것이 아니었다고 본다. 실상 죽음이란 자연의 일부이고, 그렇기에 누구의 소유도 될 수 없다는 사유의 편린이 자리하고 있었던 것이다. 그러나 세월이 흐르고, 역사가 만들어지면서 고인돌에는 경계와 담장이 생기게 되었고, 결국에는 사람들 마음속에 울타리가 놓이게 되었다는 것이다. 그 결과 공동의 소유였던 고인돌에 담장이 쳐지면서 그것은 마당귀 한 쪽 끝에 갇힌 몸이 되었다고 보는 것이다.

고인돌 시대는 선사의 유물이다. 따라서 그것은, 인간을 욕망하는 존재로 규정한 아담과 이브의 신화 뒤에 자리한다. 에덴동산의 신화 이후, 인간이 유혹의 대상이 되면서 인간은 욕망을 알게 된다. 그것이 내 것과 네 것을 구분하는 경계의 씨앗이 되어버렸다. 물론 그러한 이분법을 더욱 강화시킨 것은 근대 이후의 일이다. 물화된 현실은 인간의 욕망을 더욱 팽창하게 만들었고, 그 결과 동일성에 대한 모든 꿈들은 산산이 무너지게 되었다. 시인은 그러한 동일성의 와해를, 고인돌의 역사를 통해서 상징적으로 읽어낸 것이다.

김씨네 집

마당 가운데로
경계선이 지나간다
안채는 경북 고령 덕곡면
바깥화장실은 경남 합천 야로면
김씨는 용변 보러
경북에서 경남으로 왔다가
곧 경북으로 돌아간다
하루에도 몇 번이나
이 짓을 한다
바로 이웃
경남 야로 부인네들이
경북의 김씨네 집으로 마실 왔다가
저물 무렵
경남 본가로 돌아간다
덕곡 할머니들은
야로 노인정에서 놀다가
경북으로 돌아간다
이곳에서는 파리도 두더지도
바람도 구름도 풍뎅이도
경남북을 마구 제멋대로 오고 간다
아, 인간의 삶에서
경계니 구분이니 차별이니 하는 따위가
대체 무슨 소용이란 말인가

　　　　　　　　　　　　　　　　－「경계선」 전문

　경계가 갖는 의미가 얼마나 허무하고 잘못된 것인가를, 이
작품은 재미있는 일상의 현실을 통해서 짚어내고 있다. 인용

시의 경우처럼, 행정 경계선은 인간이 만들어 놓은 행정 편의주의에서 비롯된 것이다. 그렇기에 그것이 일상생활을 영위하는데 있어 커다란 장애가 되지는 않는다. 그러나 실제 현실의 모습은 작품 속의 그것과는 현저하게 다르다. 과거 우리 역사를 되돌아보면 그것이 갖고 있는 문제점이 무엇인지를 대번에 알게 되기 때문이다. 해방 이후 우리나라는 우리가 아닌, 타인들에 의해 그어놓은 선에 의해 경계가 만들어지고 결국에는 남북이 분단되었다. 그리고 그것은 한차례의 전쟁을 거치면서 약간의 변형을 거쳤을 뿐 현재진행형으로 계속 우리에게 무거운 짐이 되고 있다. 뿐만 아니라 이를 토대로 좌, 우로 나뉘게 되었고, 진보와 보수로 갈라졌으며, 지역적으로도 분화되었다. 그러한 경계는 남녀라는 성별의 문제, 부자와 빈자라는 경제 계층상의 문제, 세대 문제 등등으로 더욱 확산되어 왔다. 그것은 누가 보더라도 해소되고 극복되어야 할 문제라고 당연히 인식하고는 있지만, 결코 쉽게 해결될 수 있는 문제가 아니다. 이를 통해 얻을 수 있는, 아니 얻을 수밖에 없는 또 다른 이해당사자들이 그것의 존재를 반기고 있기 때문이다. 실상 경계에 대한 시인의 문제의식은 매우 소중한 것이다. 모든 것이 하나라는 동일성의 사유는 근대시 이후 우리 시단에서 계속 제기된 사안이었기 때문이다. 근대성이 무엇일까 하는 의문이 던져질 때마다 그것이 갈라놓은 위계질서상의 문제는 늘상 중심적 테마가 되어 왔다.

경계 초월과 축제의 세계

하나의 계통이 만들어지고, 그것이 이익집단으로 변질될 때, 이를 해체하고자 했던 모더니즘의 이상은 절대적 가치로 받아들여져 왔다. 가령, 정지용은 근대의 위기를 경계의 해체 의식에서 찾았고, 그의 대표작 「백록담」은 그러한 사유의 모범 답안 같은 것을 제시해주었다. 한라산이라는 대자연 속에서 펼쳐지는 계통의 해체와, 개체들로의 분산의식을 우리는 이 작품 속에서 똑똑히 보아왔기 때문이다. 송아지가 어미 말을 따르고, 망아지가 어미 소로 달려가는 것은 구분된 계통의 세계에서는 상상할 수 없는 일이다. 이런 수평의 상상력이 경계 없는 세계이고 층위 없는 세상일 것이다. 이동순이 꿈꾸어왔던, 경계 없는 세상이란, 정지용의 그것과 동일한 것이었다.

가은이 자매는
산골의 다문화가정 어린이
언니는 열 살
동생은 아홉 살

필리핀 엄마는 집 나가 소식 없고
아빠는 새마을 지도자
올해 나이 쉰
자매는 서둘러 책가방 챙긴다

영천시 자양면
자양초등 보현분교

전교생이래야 모두 넷
선생님 차로 학교에 오고 간다
호젓하던 학교엔
지난 가을 입양한 유기견 두 마리
새 보금자리에서
강아지 일곱 마리 낳았다

종이 울리고
한창 수업 중인데
어미를 따라 어린 것들 우르르
교실로 들어온다

하학종이 울리자
텅 비었던 운동장으로
분교아이들이 일제히 달려간다
오늘만큼은 전교생 11명

$\qquad\qquad\qquad\qquad\qquad$ -「보현분교」 전문

   이 작품은, 학교라는 작은 공간에서 경계 없는 세상이 어떻게 이루어지는가를 재미있게 읊은 시이다. 「성찬이 형제」의 경우처럼, 「보현분교」에서도 다문화가정이 등장하고 있긴 하지만, 그러나 그것이 주제는 아니다. 이 작품은 일상의 세세한 사건들, 인물들이 이끌어나간다. 열 살인 언니와 아홉 살인 동생, 필리핀 엄마, 새마을 지도자인 아버지, 자양초등 분교, 전교생이 모두 넷, 입양한 유기견 두 마리, 유기견이 낳은 일곱 마리의 새끼들 등등이 작품의 소재로 등장한다. 그러나 이들은 경계를 만들면서 자기고립에 함몰되는 존재들

이 아니다. 오히려 각각의 개체들이 운동장이라는 거대 공간을 매개로 해서 하나로 뭉쳐진다. "하학종이 울리자/텅 비었던 운동장으로/분교아이들이 일제히 달려간다/오늘만큼은 전교생이 11명"이 되는, 하나의 동일체를 이루는 것이다.

여러 이질적인 것들이 동일체로 전변하면서 운동장은 축제의 장으로 바뀌는 것이다. 운동장은 모든 사람들에게 개방되어 있는 장소이다. 여기에는 두발, 네발 등 움직일 수 있는 것들이라면 모두 뛸 수 있고, 또 상대방에게 다가가 뭉쳐질 수 있다. 그리하여 둘과 셋, 혹은 11명이 '운동장에 있는 각각의 개체이면서 결국은 하나'라는 인식에 도달할 수 있는 것이다.

시인은 자신의 고향을 중심으로 경북의 곳곳을 유랑했다. 이를 통해 과거를 재현하고 그것을 시 속에 촘촘하게 새겨넣었다. 이는 문명화되고 과학화되면서 사라져가는, 전통적인 것들에 대한 애착의 감수성이며, 또 그에 대한 복원의지라 할 수 있을 것이다. 그런데 소멸되어 가는 것이 어찌 물리적인 측면들에만 국한될 수 있는 것일까. 시인의 시선은 결코 그런 것에만 고착되지는 않는다. 그것이 그의 주된 시정신일 것인데, 시인이 주목한 것은 앞서 언급한 것처럼, 경계에 따른 분열의식에 대한 치유의 상상력이었다. 시인이 보다 큰 사회적 문제들에 대해 발언하게 된 근거도 여기서 비롯된다. 가령, 경계의 형성에 따른 사회적 분열에 대한 경고(「경계선」)가 그러하고, 남북 분단에 대한 깊은 페이소스 또한 그러하다(「비빔밥」).

국수를 삶아
늦은 점심을 먹었다
고명으로 얹은 부추나물이 맛있었다

식사 후
둘러앉아 듣는
힘든 시절 살아온 이야기

어찌 그리도
가슴 속 쌓인 이야기들이 많은가
낮에 먹은 국숫발처럼 길고도 길었다

오늘 따라
바람도 자고 봄볕은 따신데
이런 날 어이 그냥 무료히 보내리

풍장을 들고 와
제각기 하나씩 손에 들고 둘러메고
상쇠소리에 맞춰 두들긴다

악기가 없는 할미들은
그냥 흔들흔들 막춤으로 빙빙 돈다
이 신명 어디 감추고 있었던가

평소엔 그저 무심히 있다가도
풍악만 울리면 저절로 일어나 흔들흔들
가락을 타는 겨레여

─「한국인」전문

경계가 주는 분열의 폐해가 무엇인지를 정확하게 인지하고 있기 때문에, 이에 대한 시인의 초월의지 또한 분명하다. 「보현분교」에서의 하나된 의식이 그 출발이라면 「한국인」은 그 종점이라 할 만하다. 물론 여기서 종점이란 끝을 의미하는 것은 아니다. 어떻든 분열과 경계가 무엇이고, 그에 대한 대항 담론이 무엇인지에 대해 시인은 끊임없이 고민해왔다. 그러한 고민의 끝에서 발견한 것이 고향의 춤이다. 아니 그것은 어쩌면 한국의 춤일지도 모를 정도로 시인이 발견한, 대단한 득의의 영역이다.

춤은 흰옷과 더불어 우리 민족을 대표하는 아이콘이거니와 이를 통해서 하나가 될 수 있는 매개를 발견할 수 있었다는 것이 『마을 올레』의 커다란 성과가 아닐 수 없다. 우리에게 춤이란 서양의 카니발과 비견할 수 있는 우리 민족만의 독특한 축제양식이다. 서구의 카니발적 축제가 모든 것을 하나로 묶는 통일체로 나아가는 매개였다면, 춤은 우리 식의 카니발적 축제라는 점에서 그러하다. 춤이 진행되는 동안, '국숫발처럼 길고도 긴 가슴 속 쌓인 힘든 이야기들'을 잊을 수 있고, 억압되어 있던 '신명'도 가볍게 이끌어낼 수 있다. 뿐만 아니라 악기를 든 사람과 그렇지 않은 사람, 노인과 젊은이가 공통의 지대인 춤을 통해서 하나로 묶여질 수 있다. 요컨대 그것은 나와 너를 연결해주고, 과거와 현재의 불편부당함을 잊고, 오직 지금 여기의 존재를 모두 이끌어내어 하나의 판으로 엮어주는 것이다.

이동순은 『마을 올레』에서 자신의 고향을 중심으로 여행을 떠난다. 그러나 그의 여행은 물리적인 차원에서 그치지 않고, 신화적, 설화적 여행을 하기도 하고, 공식적인 역사라든가 일상적 과거로의 여행도 한다. 그는 이런 여행을 통해서 잃어버린 고향을 복원시키고 풍속을 재현시킨다. 뿐만 아니라 잊혀져가는 우리의 문화와 정신적 유산까지 현재화시키기도 한다. 이런 복원을 통해 그는 경계에 의해 만들어진 현재의 모순을 인식하고, 이를 초월하고자 한다. 그 여행에서 발견한 것이 춤이고 잔치문화(「마을회관」)이다. 춤과 잔치는 『마을 올레』의 통합으로 나아가고자 하는 꿈과 이상이다. 결국 시인은 이런 여행을 통해서 자신이 발견한 온갖 물상들이 낭만적 회고가 아니라 귀중한 정신적 발견임을 에둘러 일러 주었다. 그러한 까닭에 그의 과거로의 여행, 고향으로의 여행은 민족을 위한 순례였고 우리들을 위한 순례였다고 하겠다.

시인 이동순

1950년 경북 김천 출생. 경북대 국문학과 및 동 대학원에서 한국현대문
학사를 공부하여 문학박사 학위를 받았다. 동아일보 신춘문예에 시「마
왕의 잠」당선(1973), 동아일보 신춘문예에 문학평론「시와 구체적 싸움
의 진정성─김남주 시에 대하여」당선(1989). 시집『개밥풀』『물의 노래』
『지금 그리운 사람은』『철조망 조국』『그 바보들은 더욱 바보가 되어간
다』『꿈에 오신 그대』『봄의 설법』『가시연꽃』『기차는 달린다』『아름다
운 순간』『마음의 사막』『미스 사이공』『발견의 기쁨』『묵호』『멍게 먹
는 법』등 15권 발간. 2003년 민족서사시『홍범도』(5부작 10권) 발간.
평론집『민족시의 정신사』『시정신을 찾아서』『우리 시의 얼굴 찾기』『잃
어버린 문학사의 복원과 현장』등 발간. 편저『백석시전집』『권환시전
집』『조명암시전집』『이찬시전집』『조벽암시전집』『박세영시전집』을
포함하여 각종 저서 54권 발간. 신동엽창작기금, 김삿갓문학상, 시와 시학
상, 정지용문학상 등 수상. 현재 영남대학교 명예교수, 계명문화대학교 특
임교수.

모악시인선 6

마을 올레

1판 1쇄 찍은 날 2017년 5월 12일
1판 1쇄 펴낸 날 2017년 5월 19일

지 은 이 이동순
펴 낸 이 김완준
펴 낸 곳 모악
기획위원 문태준, 손택수, 박성우
디 자 인 제현주
출판등록 2016년 1월 21일 제 2016-000004호
주   소 전북 전주시 덕진구 기린대로 418 전북일보사 5층 (우)54931
전   화 063-276-8601
팩   스 063-276-8602
이 메 일 moakbooks@daum.net

I S B N 979-11-88071-01-2 03810

* 이 도서의 국립중앙도서관 출판예정도서목록(CIP)은 서지정보유통지원시스템 홈페
  이지(http://seoji.nl.go.kr)와 국가자료공동목록시스템(http://www.nl.go.kr/kolisnet)
  에서 이용하실 수 있습니다.(CIP제어번호: CIP2017010153)

* 이 책의 내용을 재사용하려면 지은이와 모악의 서면 동의를 받아야 합니다.

값 8,000원